Etelvina.

Este livro,
cheio de ti, cheio do
meu amor, de um pouco
da tua Belleza e
de toda a minha alma,
como um lirio,
entre as tuas Mãos.

28-8-1917. Eduardo.

DESENHOS DE
CORREIA DIAS

1ª edição IEL/RS, 1978

www.libretos.com.br
libretos@libretos.com.br
@libretoseditora

Edição
Maria Etelvina Guimaraens

Edição de arte
Clô Barcellos

Capa
Prova do autor

Reproduções
Marco Nedeff

Preparação
Gisele Figueiredo
Chico Guazzelli

Revisão
Beto Arreguy

Esta obra segue o Acordo Ortográfico da Língua Portuguesa (1990), que entrou em vigor no Brasil em 2009.

Dados Internacionais de Catalogação na Publicação (CIP)
Daiane Schramm – CB-10/1881

G963d Guimaraens, Eduardo
A divina Quimera. / Eduardo Guimaraens.
2. ed. – Porto Alegre: Libretos, 2025.
136p.; 14x21cm
1.ed. IEL, 1978
Fac-similis (Prova do autor, 1916)
ISBN 978-85-5549-072-9
1. Literatura brasileira. 2. Poemas.
3. Simbolismo. I. Título.
CDD B869
CDU 82-94

Catálogo sistemático
Literatura-poemas: CDD B869.1

Libretos
Rua Peri Machado, 222, Bloco B, 707
Menino Deus – Porto Alegre, RS
Brasil
CEP 90130-130

EDUARDO GUIMARAENS

A DIVINA QUIMERA

Prova do autor,
1916

Libretos

Porto Alegre, 2025

2ª edição

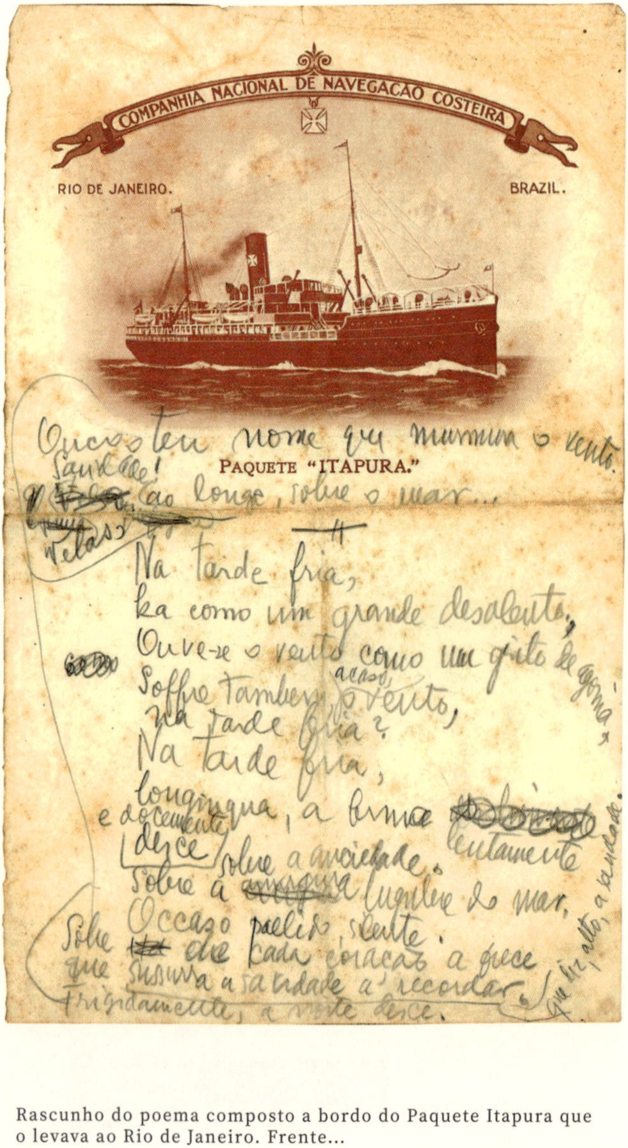

Rascunho do poema composto a bordo do Paquete Itapura que o levava ao Rio de Janeiro. Frente...

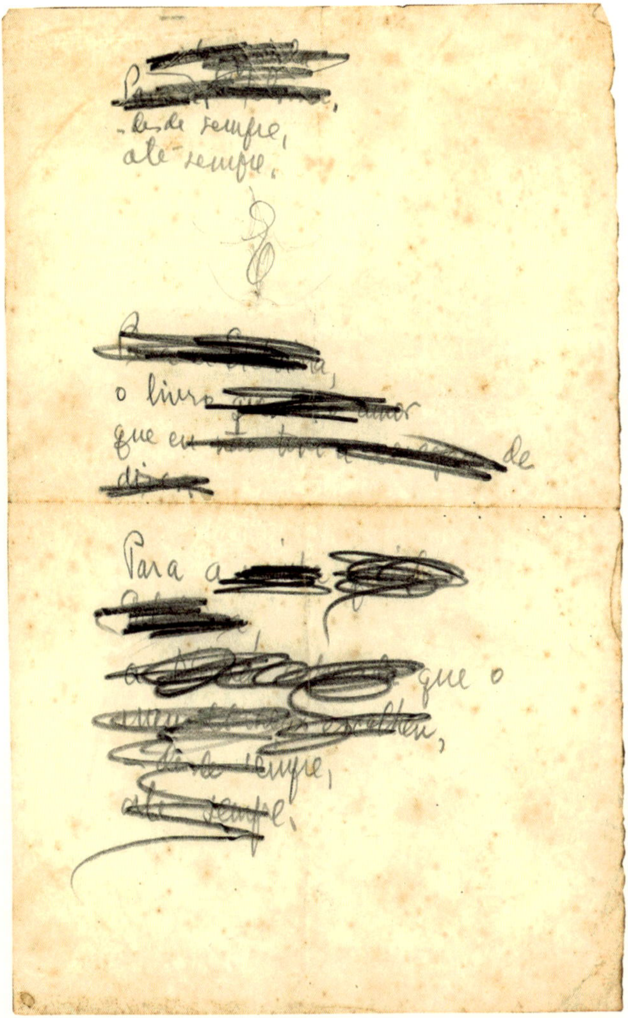
desde sempre,
até sempre.

o livro
que eu
de

Para a
que o
escolheu,

...verso

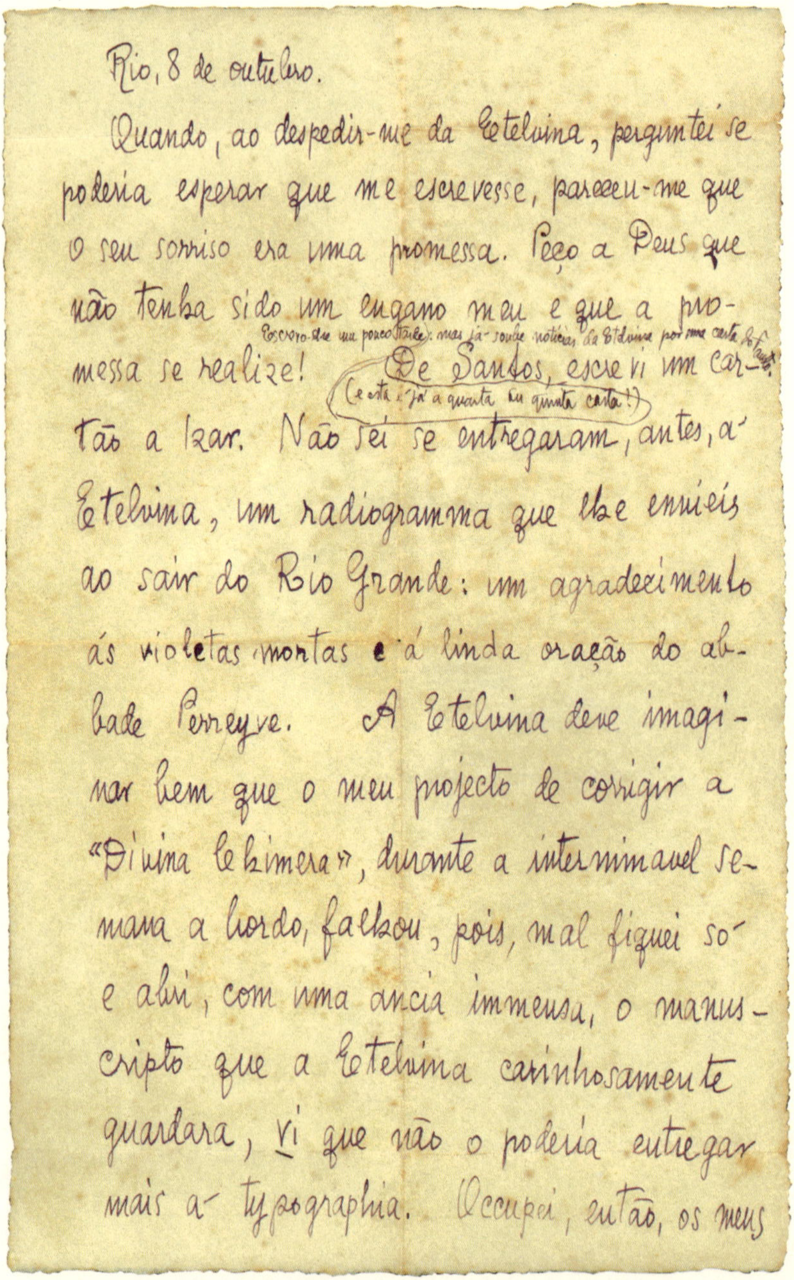

Rio, 8 de outubro.

Quando, ao despedir-me da Etelvina, perguntei se poderia esperar que me escrevesse, pareceu-me que o seu sorriso era uma promessa. Peço a Deus que não tenha sido um engano meu e que a promessa se realize! Escrevo-lhe um pouco tarde): mas já soube notícias da Etelvina por uma carta do Fausto. De Santos, escrevi um cartão a Izar. (e esta é já a quarta ou quinta carta!) Não sei se entregaram, antes, á Etelvina, um radiogramma que lhe enviei ao sair do Rio Grande: um agradecimento ás violetas mortas e á linda oração do abbade Perreyve. A Etelvina deve imaginar bem que o meu projecto de corrigir a "Divina Chimera", durante a interminavel semana a bordo, falhou, pois, mal fiquei só e abri, com uma ancia immensa, o manuscripto que a Etelvina carinhosamente guardara, vi que não o poderia entregar mais á typographia. Occupei, então, os meus

Carta de Eduardo sobre a publicação de sua *Divina chimera*, em outubro de 1916. Frente...

primeiros dias de Rio em fazer uma copia que ~~já~~ entreguei, há dias, ás officinas da Apollo, ~~Correa Dias~~. Já Revisei, ~~hontem~~, o «Preludio» e a 1ª Parte. ~~Correa Dias está fazendo~~ Os desenhos da capa e do ex-libris estão sendo feitos pelo Correa Dias.

Quanto ao manuscripto, conservo-o como a Etelvina me deu: será para nós, mais tarde, uma recordação e uma saudade... Substitui os versos que a Etelvina assignalou. Peço-lhe que os esqueça e que me perdôe...

Recommende-me a D. Othilia e diga-lhe que o Antonico vae bem: leva uma vida calma e regular. Recorde-me egualmente a D. Olinta, D. Belleta, D. Hilda. Beije, por mim, a Mariazinha. E á Etelvina, peço-lhe que não se esqueça da minha saudade. ~~e que me dê noticias suas~~. «Ayez pitié de l'isolement du coeur!»...

Lembra-se?

Eduardo.

...verso

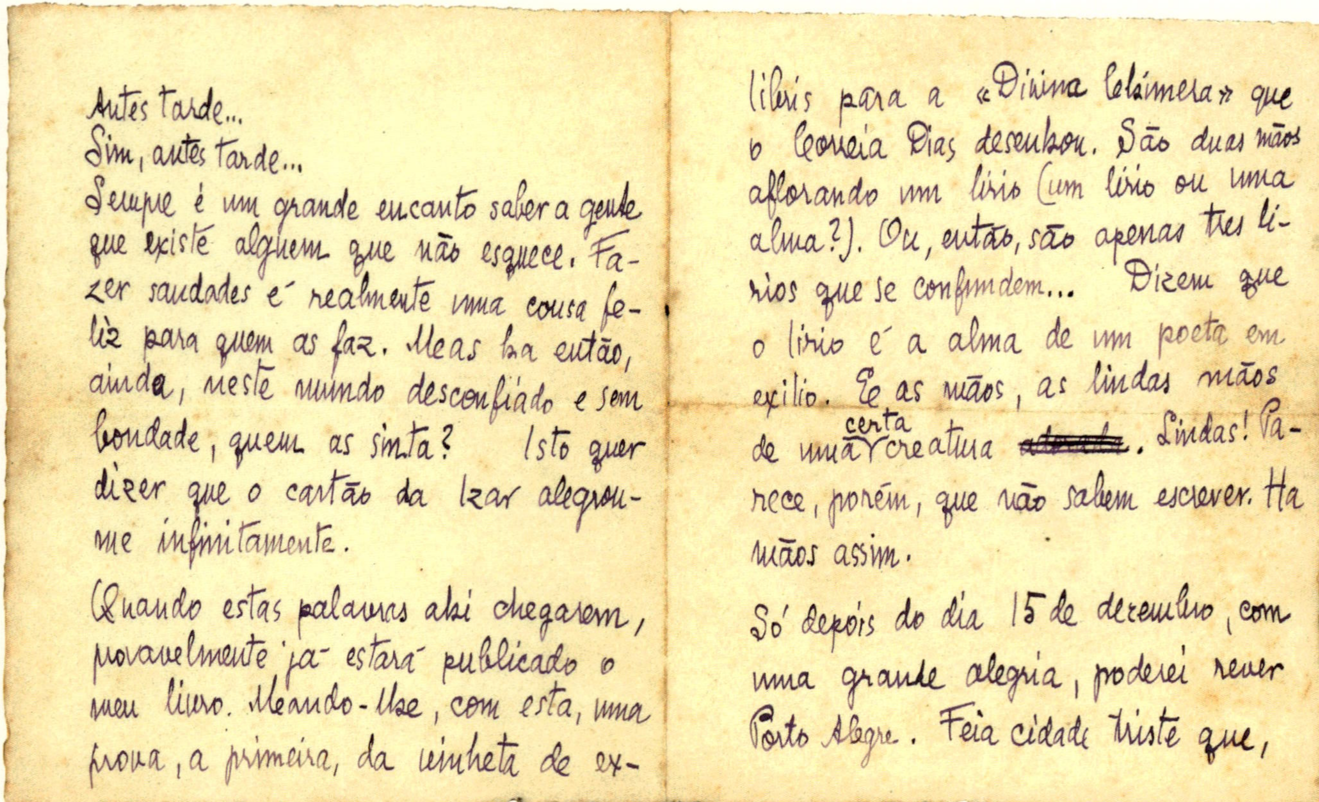

Antes tarde...
Sim, antes tarde...
Sempre é um grande encanto saber a gente que existe alguem que não esquece. Fazer saudades é realmente uma cousa feliz para quem as faz. Mas ha então, ainda, neste mundo desconfiado e sem bondade, quem as sinta? Isto quer dizer que o cartão da Izar alegrou-me infinitamente.

Quando estas palavras ahi chegarem, provavelmente já estará publicado o meu livro. Mando-lhe, com esta, uma prova, a primeira, da vinheta de ex-libris para a «Divina Chimera» que o Correia Dias desenhou. São duas mãos aflorando um lirio (um lirio ou uma alma?). Ou, então, são apenas tres lirios que se confundem... Dizem que o lirio é a alma de um poeta em exilio. E as mãos, as lindas mãos de uma certa creatura [riscado]. Lindas! Parece, porém, que não sabem escrever. Ha mãos assim.

Só depois do dia 15 de dezembro, com uma grande alegria, poderei rever Porto Alegre. Feia cidade triste que,

Carta de Eduardo sobre a publicação de sua *Divina chimera*, em 20 de novembro de 1916. Frente...

Lembrada e de longe, dá tanta saudade!

«Souvenir, souvenir, que me veux-tu?»

Mas dezembro não tarda e em breve falaremos, de novo e alegremente, de todas essas cousas que já vão sendo um pouco do Passado e de que mais tarde havemos de sorrir. Não é assim?

Lembranças a Zaira.

Recommende-me a todos os seus.

Eduardo.

Rio, 20, nov. 1916.

...verso

Eduardo
Guimaraens
e sua musa,
Etelvina
Barreto

APRESENTAÇÃO

A quimera de Eduardo

Maria Etelvina Guimaraens
Projeto Eduardo Guimaraens,
por suas netas e netos

É com orgulho e alegria que louvamos a iniciativa da editora Libretos pela nova publicação de *A divina quimera,* de Eduardo Guimaraens. Como acréscimo, esta edição traz documentos que integram o acervo do poeta, os quais nos conduzem a um passeio pelo momento em que vivia em 1916, como as cartas entusiasmadas sobre a próxima publicação de sua *Divina chimera* (nome da edição original), então no prelo; o rascunho do poema composto a bordo do Paquete Itapura que o levava ao Rio de Janeiro; os retratos da época, seu e de sua musa, Etelvina Barreto; a capa da edição da obra daquele ano e imagens do volume da prova do autor.

Publicação de 1916

A pesquisa realizada no acervo e em publicações daqueles anos, bem como em trabalhos dedicados à sua vida e obra, nos permitiu visualizar o caminho então trilhado pelo poeta.

Eduardo, então com 24 anos, usufruiu uma produtiva temporada no Rio de Janeiro, enquanto acompanhava a produção editorial do seu livro. Colaborava em jornais e revistas e estudava o sistema de catalogação da Biblioteca Nacional, para ser adotado na Biblioteca Pública de Porto Alegre, da qual era vice-diretor – e onde trabalhava desde outubro de 1913.

Desfrutando a efervescência cultural pré-modernista da Capital Federal, Eduardo conviveu com importantes nomes da literatura, da poesia e da arte em geral, como o notável pintor e desenhista Lucílio de Albuquerque, professor na Escola Nacional de Belas Artes. Nesse período, Lucílio retratou Eduardo e Etelvina, ela em fevereiro de 1917 – provavelmente a partir de fotografia –, que fazem parte do Acervo Eduardo Guimaraens*. Duas cartas, que reproduzimos nesta edição, testemunham o processo de composição do livro. Na primeira, de outubro de 1916, ele fala de sua viagem de Porto Alegre ao Rio de Janeiro, lamenta por não ter conseguido, como pretendia, trabalhar no livro e menciona a revisão que Etelvina havia feito, aduzindo que concordou e decidiu suprimir os versos que ela indicou.

Na segunda carta, dirigida a ela, expõe detalhes da edição e elogia o trabalho que o Correia Dias desenvolvera para o livro. Além da vinheta de ex-libris, o artista luso-brasileiro criou a ilustração *Cor Ardens*, para a capa da *Divina chimera*. Importa lembrar que Correia Dias foi um dos introdutores da visão estética que desencadeou o Modernismo. Era ilustrador da revista *Fon-Fon!* e ilustrou livros de Cecília Meireles, então sua esposa.

* www.eduardoguimaraens.com.br

A crítica da época saudou o livro de forma elogiosa. Por exemplo, no Rio de Janeiro, o jornal *O Paíz* do dia 4 de dezembro de 1916, na segunda página, anuncia o seu lançamento e o elogia como "O acontecimento literário de hoje".

Atestando a boa acolhida da obra, de volta a Porto Alegre, em abril de 1917, Eduardo escreve ao amigo Felipe D'Oliveira, poeta e parceiro que então morava no Rio. Conta que dos 400 exemplares impressos, os 200 (ou 220, ele não recorda) que trouxera se esgotaram. Pede-lhe que envie mais 100 dos exemplares que se encontravam na gráfica Oficinas Apolo. E que os restantes fossem destinados às livrarias do Rio. Felipe guardou esta carta, que hoje se encontra no acervo cultural do Município de Santa Maria.

Ainda naquele ano, em setembro, Eduardo dedicou à sua musa a prova do autor que encapara em couro, na qual inseriu a vinheta de Correia Dias em metal – capa que reproduzimos na presente edição. O volume integra o Acervo de Eduardo.

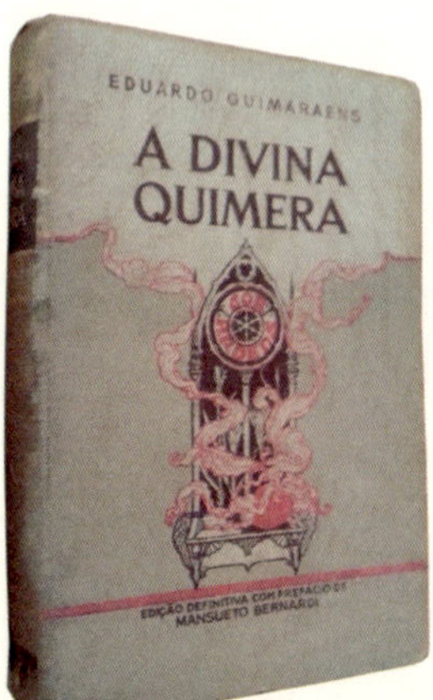

Publicação de 1944. Capa dura

Em dezembro de 1921, Eduardo e Etelvina se casaram. Em 1922, ele assumiu a direção da Biblioteca Pública. Seus filhos Dante Gabriel e Carlos Rafael nasceram, respectivamente, em 1924 e 1926.

Eduardo pretendia publicar uma segunda edição do livro, mas infelizmente faleceu antes de poder fazê-lo, em 13 de dezembro de 1928. Dezesseis anos após a sua morte, sob o título *A divina quimera – edição definitiva,* a Livraria do Globo editou o impressionante trabalho de Mansueto

Bernardi, poeta e escritor, amigo e parceiro de Eduardo. No prefácio "Vida e obra de Eduardo Guimaraens", Mansueto traz seu testemunho pessoal, narra seu primeiro encontro com Eduardo, a relação do poeta com a família de Etelvina, bem como os laços que se criaram com o pintor Lucílio e sua esposa, Georgina Albuquerque, durante a estadia no Rio de Janeiro. Sobre a obra, que se enlaça com sua vida, traça um verdadeiro ensaio sobre a poesia de Eduardo, a relação com os mestres e sua impressionante cultura, evocando o testemunho de grandes escritores da época.

Mansueto republicou os poemas da *Divina chimera* de 1916 e reuniu grande parte da obra poética que permanecia inédita. Em nota do posfácio, Mansueto esclarece:

> A *Divina quimera* é reproduzida quase na íntegra, tendo-se observado apenas duas ou três alterações feitas pelo próprio autor "para a segunda edição".

Comparando o texto da edição de 1916 com a de 1944, localizamos as alterações referidas. A primeira aparece já no Prelúdio. O texto original diz:

> Como dorme uma dor, calmo, o teu corpo dorme.
> Olvidaste a tortura imensa do sorriso
> triste, mas da ilusão de um desalento enorme,
> ora que, sobre a paz do teu leito impreciso,
> como dorme uma dor, calmo, o teu corpo dorme?

O verso é substituído da edição de 1944 por:

> Tal num sonho de amor que se dilui sereno,
> esqueceste a carícia rósea do sorriso
> e a tua boca sente o acre sabor terreno

de uma desilusão no destino indeciso,
tal num sonho de amor que se dilui sereno.

A segunda alteração se encontra na primeira parte do livro, na terceira estrofe do segundo poema, onde constatamos a alteração na ordem dos versos. Em 1916:

Doçura de estar só quando finda o festim!
(E a saudade, acordando as vozes que se calaram!
E os candelabros que, olvidados, se apagaram!
E os lustres de cristal! E as teclas de marfim!)

Na publicação de 1944:

E os lustres de cristal! E as teclas de marfim!)
E os candelabros que, olvidados, se apagaram!
(E a saudade, acordando as vozes que se calaram!
Doçura de estar só quando finda o festim!

Também há pequenas alterações de forma, que consistem em espaçamento diferentes e separação de estrofes.

Mas aquela não seria a edição definitiva.

Publicação de 1978

Marcando a passagem dos cinquenta anos da morte de Eduardo, em 1978, o Instituto Estadual do Livro – IEL publicou a sua edição da obra. Na introdução, "O canto nostálgico de Eduardo Guimaraens"*, Lígia Morrone Averbuch nos aproxima da poesia simbolista

* Aqui, nesta edição, o texto é reproduzido em posfácio

no mundo e como ela foi acolhida aqui, entre Eduardo e seu grupo, em Porto Alegre. Essa edição reproduziu o texto póstumo, publicado por Mansueto Bernardi.

Agora, em nova edição, a partir do trabalho do IEL, a Libretos reproduz o texto original de 1916 – da prova do autor e do livro publicado –, trabalho acompanhado por Eduardo. Busca-se, assim, resgatar esta obra notável tal qual seu autor a concebeu originalmente e a trouxe à luz, com a intensidade de seu talento poético, a um tempo particular e universal.

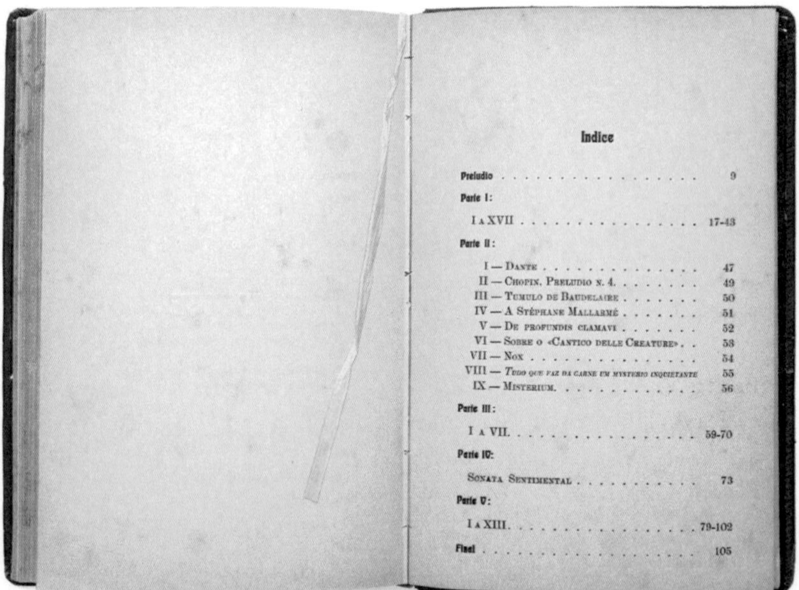

Indice

Índice

EDUARDO GUIMARAENS

DIVINA CHIMERA

RIO DE JANEIRO

MCMXVI

Amor mi mosse che mi fa parlare.

DANTE

PRELUDIO

Psyche, my soul.
EDGARD POE

Prelúdio

Das rosas do jardim a virginal tristeza
por que, por esta noite azul de outono frio,
vem embalar-te a doce e mística pureza
que reflete, a um fulgor de estrelas erradio,
das rosas do jardim a virginal tristeza?

Um desejo augural, sob o candor do linho
que do teu corpo aviva a palidez, palpita.
Perfumaram-te a carne os lírios do caminho...
Vela-a, agora, através do meu amor, Perdita,
um desejo augural, sob o candor do linho.

Como dorme uma dor, calmo o teu corpo dorme.
Olvidaste a tortura imensa do sorriso
triste, mas da ilusão de um desalento enorme,
ora que, sobre a paz do teu leito impreciso,
como dorme uma dor, calmo, o teu corpo dorme?

Vista-te o sono de acalanto a voz das rosas
que espreitam do jardim, maravilhadamente,
do teu secreto sonho as horas misteriosas!
Olvidaste, afinal, o teu delírio ardente?
Vista-te o sono de acalanto a voz das rosas!

Dize-me se a tua alma adormeceu sorrindo
ou se, cheia de amor, insone, se recorda
das rosas por abrir de um sonho antigo e lindo,
destas rosas febris, da sombra eterna à borda?
Dize-me se a tua alma adormeceu sorrindo!

Serás como uma vaga aparição de outrora,
como a madona singular de um Primitivo.
(Possa o teu sono ser a noite sem aurora!)
Por um mês de Maria, ao meu desejo esquivo,
serás como uma vaga aparição de outrora.

Que doce o teu palor! Que estranha a tua face!
Nimba-te a fronte um halo, um resplendor, brilhando.
Por que entreabres o olhar à alva do sol que nasce?
Vais unir, sob a luz, as tuas mãos, orando?
Que doce o teu palor! Que estranha a tua face!

Não despertes, porém, ainda que surja o dia!
Dorme perpetuamente o sono teu sem termo,
oh forma de vitral, Musa e Melancolia,
que és a quimera de um espírito de enfermo!
Não despertes, porém, ainda que surja o dia!

– Das vozes deste amor a musical tristeza
por que, por esta noite azul de outono frio,
vem embalar, da sombra, a tua morbideza
que ouve e sofre, a um clarão de estrelas erradio,
das vozes deste amor a musical tristeza?

Quelque chose d'ardent et de triste, quelque chose d'ün peu vague—.

BAUDELAIRE

Parte
I

I

Se a vida é bela, ardente e forte,
febre e delírio, ânsia e paixão,
por que, sem causa, adoro a morte
e, um grito de lábio, espero em vão?

Um grito ao lábio soluçante
da alma que, em vão, por ti sofreu,
da alma que sofre e, palpitante,
sonha, ajoelhada, ao lado teu...

Que, ainda hoje, sofre à luz perdida
de um Éden lúgubre de dor
onde, entre as mãos do anjo da vida,
como uma espada, fulge o amor!

E de onde sou, talvez, o expulso
que do seu exílio mortal
levanta as mãos, hirto e convulso,
para a tua alma virginal,

para a tua alma onde sentiste
que o amor, sorrindo, enfim, desceu,
e que o meu sonho doce e triste
foi o esplendor que Deus te deu.

II

Doçura de estar só quando a alma torce as mãos!
– Oh! doçura que tu, Silêncio, unicamente
sabes dar a quem sonha e sofre em ser o Ausente,
ao lento perpassar destes instantes vãos!

Doçura de estar só quando alguém pensa em nós!
De amar e de evocar, pelo esplendor secreto
e pálido de uma hora em que ao Seu lábio inquieto
floresce, como um lírio estranho, a Sua voz!

Doçura de estar só quando finda o festim!
(E a saudade, acordando as vozes que calaram!
E os candelabros que, olvidados, se apagaram!
E os lustres de cristal! E as teclas de marfim!)

Doçura de estar só, calado e sem ninguém!
Dolência de um murmúrio em flor que a sombra exala,
sob o fulgor da noite aureolada de opala
que uma urna de astros de ouro ao seio azul sustém!

Doçura de estar só! Silêncio e solidão!
Oh fantasma que vens do sonho e do abandono,
dá-me que eu durma ao pé de ti do mesmo sono!
Fecha entre as tuas mãos as minhas mãos de irmão!

III

Às vezes, quando vou por altas horas, quando
fujo através da noite, a este amor que reveste
de um tênue véu de névoa a face do meu sonho,
de lábios infantis que, uma e outra vez, murmuram
uma queixa, como a de alguém que se maltrata,
um murmúrio, afinal, que só tu poderias
compreender, fico a olhar os jardins solitários
que ornam a calma azul por onde vou passando.

E às vezes, paro e sonho à frente de um cipreste;
outras, invejo o ardor de um canteiro tristonho
de alvos lírios claustrais que aromam e fulguram,
como fantásticos turíbulos de prata.
Outras, quando anda a lua entre as ruas sombrias
e as flores tomam o ar de votos funerários,
cada aleia é como um regato cintilando,
onde uma Ofélia, de alva e imponderável veste,
loira e fria, tombou, morta de amor e sonho.

Junto às grades hostis que os jardins enclausuram
e que, ao fulgor da luz, são de ouro, bronze ou prata,
descanso, muita vez, as mãos longas e frias.
E enquanto a lua evoca estáticos cenários
de paisagens do polo e torna em verde brando
todo o azul que lhe nimba a tristeza celeste,
das grades através, como através de um sonho
de prisioneiro, a cujo olhar se transfiguram
as visões do exterior, tenho a visão exata
da noite que convida às grandes nostalgias.

Eu sou o doce irmão dos jardins solitários,
que lhes conhece a dor, que os vê da sombra, olhando
pelo ermo e triste e verde olhar de algum cipreste...
Uns são feitos de tudo, enfim, que há no meu sonho.
E é por isso, talvez, que ora ardem e fulguram,
ora são tristes como esses vitrais de prata
onde Cristo ergue a Deus as mãos longas e frias.
Eu sou o doce irmão dos jardins solitários,
desses jardins que exalto, amo e celebro, quando
por horas mortas vou, do amor que me reveste
de amargura, fugindo, ao longo do meu sonho.

E, ao longo do meu sonho, os jardins se enclausuram
de lágrimas! (Ah!, sobre essas grades de prata
quando virás pousar as mãos longas e frias?
Quando abrirás, sorrindo, os jardins solitários,
tu que hás de amar-me um dia e que eu espero? Quando?)

IV

De onde vieste, afinal? De que imortal paisagem
fugiu, um dia, a forma em flor da tua imagem

fragílima, de um doce encanto doloroso,
de um divino palor ardente e luminoso,

como feita à feição de alguma estampa antiga,
de um missal de outro tempo, onde a insone fadiga

de algum monge sofreu? De onde vens? De algum sonho
místico? Do fulgor magnífico e tristonho

de um Éden sideral de que ainda tens a ideia?
Ou do mistério azul das noites da Idumeia?

V

Quando, longe de ti, do teu encanto
longe e exilado, sob a noite fria,
cismo que o olhar possa velar-te a mágoa
ou que possas, de súbito enfermando,
sofrer ou reviver alguma pena
longe de mim, do meu amor ausente,
nem imaginas que infantil tortura
basta a pungir-me, que mortal saudade
traz, sob o vago esplendor da noite,
para junto de mim a tua imagem
pálida. E, grande e luminoso e doce,
lembro, primeiro, o teu olhar esquivo
que tem da noite o singular mistério
e que procuro, ansioso, como o nauta
perdido um astro, sobre o velho esquife
inútil, soçobrando. Olhos do sonho
de um Aladino que trocou a sua

maravilhosa lâmpada por essa
luz que de estranho brilho os diviniza!
E de beleza! E de beleza eterna!

E as tuas mãos, após. Como do fundo
sombrio de um altar, iluminado
pelo fulgor litúrgico da pompa
católica, surgindo, sem um gesto,
lembro-as assim, magníficas, é certo,
mas pálidas...

(Oh doloroso Dante,
quero o marfim da tua *Vita Nuova*
ou dos tercetos do teu *Paradiso*
feitos, como os missais da Idade Média,
com pedras raras sobre pergaminho,
para encerrar a musical magia
das Suas mãos! Como a invejá-la, enquanto
pela severa solidão do claustro
morrem os lírios, sob a etérea calma
do crepúsculo, queda-se, amorosa
e pensativa, da sua harpa de ouro
e prata as cordas olvidando, Santa
Cecília!)

Lembro, após, a tua boca
maravilhosa, a tua boca sempre
pura e feita da rosa de um sorriso
divino! Pudesse eu, por sortilégio,

ouvir se, entre os seus lábios, o meu nome
floresce, à hora em que o sono, segredando,
sob o mole acalanto do teu leito,
fala de mim e do meu beijo inútil
e da minha saudade e do meu vago
desejo ao coração que em vão espero,
mas que sinto bater e dar o ritmo,
junto de mim, a cada verso deste
noturno em vão que, apenas o silêncio
ouve, que a noite unicamente entende,
que o amor somente sabe! E tu com ele.

VI

Pela noite azulada e fria há uma longa tristeza de espera
e os jardins sonham o seu primeiro sonho de primavera.

Que estranho aroma anda esparso, unido a um canto de
saltério,
como de uma soberba rosa feita de sonho e de mistério?

Ouves? Há longos espasmos pelas alcovas da sombra,
pelas alcovas imensas e cheias de silêncio e de sombra...

Dir-se-ia que ondulam monjas, ao longo de claustros
cobertos
de grandes lírios abertos, brancos e tristes, abertos...

Demora ainda a lua; mas já por trás dos bosques parece
que há uma festa nupcial, um véu branco que resplandece,

como se a terra fora uma noiva pálida e nua
que recebesse o seu véu de noiva das mãos brancas da lua.

Vaga por tudo como uma grande, langue saudade da
primavera!

– Sou como alguém que sonha, sofre, recorda e espera.

E sente a esta hora em que a noite é como a sombra de
um grande adejo,
que a tua alma, soluçante, adormece entre os braços do
meu Desejo!

VII

Insones de alma! Em vão! É tudo insônia, tudo!
Não foi o que passou uma insônia suprema,
um pesadelo em claro? E o que há de vir a extrema
vigília de algum sonho alegre em que me iludo?

E a febre ardendo, coração? E o lábio mudo?
Que te importa, porém, o bronze que me algema?
Farei do meu delírio o teu mais belo estema!
Da minha dor farei um leito de veludo:

e dormirás! Dormir? Que vale o sono! Foi-te
uma insônia sinistra e lúgubre o passado...
Olha: a sombra consola a mágoa do que existe!

E, ao fundo do teu mal que a noite fez mais triste,
hora estranha de angústia e de amor olvidado,
ouve a recordação, como uma meia-noite!

VIII

Sobre a tristeza do passado,
que estranha sombra vai descer?
– Lírio entre os lábios do Prazer,
murcha o desejo abandonado –.

Sofro, sem gestos, a teu lado,
Olho-te: e vejo-te sofrer...
Sobre a tristeza do passado,
que estranha sombra vai descer?

– Fosse do olvido o cortinado
que nem o amor pudesse erguer!
(Oh, para sempre adormecer
de um grande sono fatigado
sobre a tristeza do passado!)

IX

Vai pela paisagem, languidamente,
como um desconsolo de outono frio;
ou como um sinistro, longo arrepio
que vem do horizonte de um céu dormente.
(Que farás a esta hora?) Do caminheiro
mal a sombra surge. Que paz absorta!
Vive em torno, apenas, verde, um salgueiro
refletido ao fundo de uma água morta.
Sobre um leito de ouro, fosco e sombrio,
morre o sol, sangrento. Noite dolente!
Vai pela paisagem, languidamente,
como um desconsolo de outono frio,
como um ritmo lento de um derradeiro,
solitário acorde que o ar entrecorta,
como o choro verde desse salgueiro
refletido ao fundo dessa água morta.

X

Dói-me a recordação de ti, como de um sonho.

Sob a ardente mudez do meu olhar tristonho,
passaste há pouco ao pé de mim, indiferente.
Seguiu-te o meu amor, ao longe, ocultamente.

Oh, a incrível tristeza, a tortura sem causa
que o amoroso dulçor do teu olhar me causa,
por uma dúvida indizível, incerteza
inexprimível como, à noite, a morbideza
que torna a minha voz como um longo lamento
doloroso! Tortura e sombra! Grave e lento,
como sobre o teclado abafado e soturno
de um órgão, sobre um piano agoniza um noturno.

Há depois um silêncio. Um vago acorde. E agora
uma voz, que rediz a mágoa que a adolora,
sobre através da noite e conta à noite o encanto
de amar e de sofrer, que une a beleza ao pranto...
Noites de amor e de saudade! Solitário,
sonho. – Não fora a sombra um órgão funerário
que as tuas mãos, onde soluça a alma de um lírio,
fazem sofrer também, ao lúcido delírio
desta noite de agosto invernal e tristonho?

Dói-me a recordação de ti, como de um sonho!

XI

Vozes, mas de outro amor, de outro sonho radioso,
de outro tempo que foi um futuro esperado,
um porvir que passou, o desejo amoroso
de um futuro que hoje é, como tudo, um passado!
Vozes, mas de outra idade em que se canta e ajoelha,
de quando, em torno a nós, tudo tem só quinze anos;
vozes de idílio triste e de melancolia,
sem acordes febris de música vermelha;
vozes, como o cair da noite azul e fria
que ao seio adormeceu o mal dos desenganos:
um réquiem de saudade à agonia da vida!
Vozes, mas de outro amor, de outro sonho fanado,
vozes, como a canção de outono do passado
que diz, sobre a minha alma, o teu lábio adorado;

vozes de uma luxúria estranha e dolorida
que ainda falam do amor, do sonho e do passado!
Vozes que lembram o esplendor das horas mortas!
Vozes que falam de uma dor hoje esquecida...

Vozes que falam como tombam folhas mortas!

XII

Nada quero lembrar. Que, à tua espádua, o olvido
seja um manto de sombra! É sombra o que passou.
Dir-se-ia que entre nós há um anjo adormecido...
Não evoquemos hoje o engano que acabou!

Por que há de, enfim, o luto inútil do lamento
marejar, ainda agora, o olhar que não sorriu?
Se era uma sombra a voz que se desfez ao vento!
Se era apenas um riso o lábio que se abriu!

Não lembrarei, portanto, o meu ardor tristonho!
Nem as noites de insônia em que a ilusão morreu!
Nem o meu sonho em flor que foi, sob o teu sonho,
como a flor que murchou e que ninguém colheu!

XIII

Olvidada tortura, hora esquecida, encanto
passado! Não verás, jamais, a flor do pranto
nascer da terra morta onde a ilusão murchou:

terás um dia à boca um amargor tristonho,
oratório de amor pela Paixão de um sonho
que anunciou um sorriso e outro crucificou!

Quem sabe? Um dia, a insônia eterna do passado
fará velar a dor do teu olvido ao lado
da agonia febril do meu beijo nupcial...

Tu serás para mim uma alma sempre acesa:
fui talvez, ao teu lábio, apenas a tristeza
de um verso obscuro, lido a uma hora passional.

Hás de lembrar-me um dia, altiva e triste, à sombra
de uma saudade, sobre a dolorosa alfombra
que de estranho silêncio aroma o teu jardim...

Desce a noite. – Imagino o teu longo abandono!
Desce a noite e, com ela, um desejo de sono...
Tu saberás então porque te amei assim.

XIV

Ah, não dirás, por certo,
que não te amei, que não sofri!
Foi-me a tua alma assim como um salão deserto
onde, uma noite, me perdi.

Sobre o escuro tapete uma rosa morria
que deixara cair, sem pena, a tua mão.
Das cortinas, purpúrea, a sombra estremecia...
Havia em cada espelho uma recordação.

– E era o meu coração ardente e dolorido,
sob a dor infantil que o emudecera já,
um velho piano adormecido
que ninguém mais acordará!

XV

Sofrer! Sofrer, e após? Sofre-se como se ama.
Como se ama, talvez, mas de um amor silente,
feito da solidão de um sonho vago e ardente.
Como se ama um passado obscuro. Como se ama
uma velha gavota. Um verso. Como se ama
uma recordação, o perfume aspirado
de um lenço que agitou o adeus do gesto amado...
Como se ama o torpor de uma noite de estio!

Lembra-te! Cerra o olhar: um aroma, o passado:
aspira-o! Sofrerás, mas como se, ainda amando
outra vez e, outra vez, sobre o seu lábio frio
chorando o mesmo verso inesquecido e triste
que outro lábio guardou, mas sofrendo e sonhando,
revivesse o exaspero, a tortura suprema

do que foi, dessa imensa e indizível tristeza
de tudo que passou, de tudo que resume
uma hora musical de sonho e de beleza;
de tudo que existiu e que, ainda agora, existe
por toda a essência antiga e vaga deste poema
que é também como um lenço, um adeus e um perfume!

XVI

Um dia, alguém, uma ilusão que eu mal sofria,
levou-me para o longe, abriu-me o vago, o mar.
Era por um dezembro azul de nostalgia,
um dezembro de névoa e sinos a dobrar.
Lembra-a o meu sonho, agora. A essa hora de agonia,
que dizia ao destino a voz da minha dor?
Tudo ao redor de mim, era um adeus, partia...
Só não partia da minha alma o meu amor!

Só não partia da minha alma o que a pungia.
Vinha a noite. E o passado era um lenço a acenar,
um lenço branco que, longínquo, estremecia,
um lenço ao longe que ainda via o meu olhar!
Sentia bem que a minha dor não esquecia,
que a distância, afinal, era um vago palor!
E, à hora em que a noite azul sobre as águas descia,
ah, quanta vez ouvi falar-te o meu amor!

Quanta vez escutei a voz que te dizia
o desespero vão que não pôde olvidar!
Soube-o a noite que vinha, a bruma, a linha fria
do horizonte que a luz da aurora ia beijar!
Soube-o a vida, a saudade, a morte que sorria!
Não o soube, somente, o teu desejo em flor...
– Ou sabias, talvez, que eu voltaria um dia
e que, comigo, voltaria o meu amor?

XVII

Voltei. Vi-te de novo. E o encanto, a que não tento
fugir agora, aviva o que findara aqui;
dói-me, outra vez, o mesmo estranho sofrimento
da hora em que te deixei, do instante em que parti.

Quis esquecer-te. Olhando o mar, ouvindo o vento,
Sonhei. Vivi com ânsia! Em vão não te esqueci.
E é com tédio que lembro o túrbido lamento
das ondas que sulquei e das canções que ouvi!

De que valeu, então? Sob o amplo firmamento,
fora melhor vogar sem rumo, ao ritmo lento
da água que, à noite, geme e, à luz do sol, sorri!

E olvidar para sempre o antigo desalento!
E este anseio de enfermo! E este letal tormento!
E o desejo da morte! E a saudade de ti!

Parte II

I

Dante

Pelo divino horror de um desespero eterno
e pelo ardor febril a que a alma nos conduz,
florindo para o azul, irrompendo do inferno,
Dante evoca um abismo onde há lírios de luz.

Cada verso revela um fundo imenso de erma
tristeza em que uma voz alucinada clama:
e ora, inútil, recorda a asa de uma águia enferma,
ora a ascensão brutal de uma língua de chama.

Dá-me, agora, o terror de uma visão que assombra.
Torvo, Ugolino sofre a sua fome atroz;
tem Virgílio a expressão sagrada de uma Sombra;
uiva um blasfemo! E a selva é lúgubre e feroz.

Lembra, após, o esplendor pesadelar de um sonho
magnífico e sangrento, em que anjos maus esvoaçam,
quando por mim, à flor do turbilhão tristonho,
enlaçados e nus, Paolo e Francesca passam...

Dante! – Quero-o, porém, mais doloroso e terno,
mais humano, a compor, torturado e feliz,
sob a angústia mortal do seu secreto inferno,
uma canção de amor em louvor de Beatriz!

II

Chopin: Prelúdio nº. 4

Do fundo do salão vem-me o seu pranto sobre-humano,
como do fundo irreal de um desespero hoje olvidado:
dir-se-ia que estes sons têm um tom de ouro avioletado;
há um anjo a desfolhar lírios de sombra sobre o piano.

Doce prelúdio! Que ermo e doloroso desengano
fala, através do seu vago perfume de passado?
Sobre Chopin a noite abre o amplo manto constelado:
um delírio de amor anda por tudo, insone, insano!

Em cada nota solta há como um lânguido lamento.
– Oh, a doçura de sentir que o teu olhar, perdido,
sonha, recorda e sofre, ao doce ritmo vago e lento!

E o silêncio! E a paixão que abre em adeus as mãos
absortas!
E o passado que volta e traz consigo, inesquecido,
um aroma secreto e vago e doce, a flores mortas!

III

Túmulo de Baudelaire

Um anjo, que possui uma espada de chama,
hirto e pálido, à fronte um halo virginal,
guarda o Túmulo, junto ao mármore imortal,
a que o Poeta desceu, cego de luz e lama.

Outro, que às mãos desfralda o ardor de uma auriflama,
olha, cismando, o azul profundo como o mal;
e Lúcifer, enfim, magnífico e fatal,
tem à boca a revolta em que a blasfêmia clama.

Entre a aridez da terra e a solidão noturna,
fundo abismo, do espaço ao lúgubre esplendor,
fendem-se do Desejo as largas faces de urna.

E as Danaides, de aspecto envelhecido e eterno,
tentam encher em vão esse tonel de horror!
Ora, lá dentro, o Céu! Uiva, lá dentro, o Inferno!

IV

A Stéphane Mallarmé

De que lábio fatal, de anjo ou demônio, vinha
essa harmonia estranha, esplêndida e secreta,
que a tua voz ardente e solitária, Poeta,
como um mistério obscuro e rútilo, continha?

Era, acaso, a visão celeste, linha a linha,
renascendo, através da tua insônia inquieta
ou, dos tempos ferindo a inércia hostil, a seta
que, ao curvo enigma do arco, a tua mão sustinha?

Mas, do inferno ou do céu, que importa? É bela: e é tudo!
É bela a voz ignota à boca fugitiva
que, alto, sinistro e eterno, o Azul apavorou!

E é bela a mão febril que, a um gesto lento e mudo
do sonho ainda por vir a rosa rediviva
– tal a de um semeador magnífico – semeou!

V

De profundis clamavi

Deste profundo horror, de esplêndida memória,
ouve, Senhor, o brado unânime e maldito
que aos céus, vibrando, sobe! Ouve o sinistro grito
que é toda a angústia humana e toda a humana glória!

Ouve o que diz a boca exangue e merencória,
de amor gemendo! E o lábio ardente do precito
que em vão interrogou a sombra do infinito!
E o que sorveu, calado, a lágrima ilusória!

Ouve, Deus de Sinai que tens o raio ao seio!
Nós clamamos a ti pelos perdões supremos,
pela suprema paz ao nosso eterno anseio!

E queremos saber por que nos torturamos!
E clamamos a ti do Éden em que sofremos!
E clamamos a ti do Inferno em que gozamos!

6

Sobre o Cantico delle Creature

Louvado seja o sol! Louvado seja o vento!
Louvada a sombra! E o fogo! E a luz que dele emana,
louvada! E a gleba escura! E o pasto da savana!
E a água pura que extingue a febre do sedento!

Louvado o ar onde foge o voo largo e lento
da ave que passa! E a dor que abate a fronte humana!
E a noite que adormece a terra e ao céu irmana!
Louvado o ouro da ceifa e o azul do firmamento!

Louvada seja a mão que jura, e a que semeia!
E a árvore humilde! E o mar esplêndido e profundo!
E a alma que fez cantar S. Francisco de Assis!

Louvado o que constrói, sem medo, sobre a areia!
Louvado seja o amor que os seres move e o mundo!
Louvada sejas tu que amas e que sorris!

VII

Nox

Tu, Musa, tu, Madona imortal do Universo
que ora exaltas o gênio, ora inspiras o mal,
Noite, que és mãe da insônia e da angústia e do verso
e que és filha, talvez, do meu sonho imortal:

sob o estelar fulgor dos teus olhos disperso,
por que tornas mais triste a solidão nupcial,
fuja em vão, pelo azul, a asa de um leve scherzo
ou ressoe, sinistro, um órgão funeral?

Ah, não dirás jamais, à alma de sol sonora,
de que amargura eterna e misteriosa vem
esse cruel ardor que há de acalmar a aurora?

E de que tálamo divino, pouco a pouco,
desceste para o amor de tanto amante louco,
tu, que és Lady Macbeth e és Ofélia também?

VIII

D'une beauté effrayante, presque spectrale
THÉOPHILE GAUTIER

Tudo que faz da carne um mistério inquietante,
languescências, brancor de túmulos ao luar,
marfins de rosa murcha, inerte e singular,
tudo o seu corpo tem, de abandonada amante.

Nimba-lhe a fronte o horror. Quando emudece, o olhar
mostra a antiga tortura eterna e alucinante,
porque os seus olhos são dois tercetos de Dante
que Gustave Doré deixou por ilustrar!

Do gesto vão, jamais, de arremesso ou de assomo,
fez o esforço brutal que dá glória ao perigo;
atrai assim, contudo, a alma do sonhador,

magnífica, fatal e funerária como
hirta e nua, ao entrar de um cenotáfio antigo,
uma estátua de morte, um mármore de dor!

IX

Misterium

Nua, mas da espetral nudez de uma Sibila
como um silêncio o olhar, o gesto vago, o passo
lento, sob o esplendor que à tua fronte oscila,
vens de que estranho céu, de que longínquo espaço?

Interrogou-te em vão o lábio frio e lasso:
"Quem és? De onde vens tu? Que Deus cruel te exila?
Nós queremos ouvir a tua voz tranquila!
Faz menos pesado este mortal cansaço!

És como a aparição de algum festim risonho
ou como a Noite azul que, em suas mãos de treva,
traz a rosa sinistra e pálida do sonho?"

– Nada dirás, porém, à dor que nos eleva...
Serás, talvez, o amor e o mal que em si resume:
Onfale, Salomé, Desdêmona, Ulalume?

Parte
III

I

Dentro da noite, misteriosamente,
que estranha voz pelos jardins perpassa,
como um murmúrio, um segredo dolente?
E ao coração da noite se entrelaça?

Que estranha voz pelos jardins perpassa,
como a sombra de alguém que, além, fugisse?
E ao coração da noite se entrelaça,
a recordar o adeus que eu te não disse?

Como a sombra de alguém que, além fugisse,
ouço essa estranha voz que me adolora,
a recordar o adeus que eu te não disse,
sob o esplendor da derradeira aurora.

Ouço essa estranha voz que me adolora,
como se, ainda outra vez, pálido e mudo,
sob o esplendor da derradeira aurora,
mas sem nada lembrar, lembrasse tudo.

Como se, ainda outra vez, pálido e mudo,
nostálgico, o teu nome segredando,
mas sem nada lembrar, lembrasse tudo,
pela noite sonâmbulo, sonhando!

Nostálgico, o teu nome segredando,
ouve-o, de novo, o meu amor inquieto,
pela noite, sonâmbulo, sonhando...
Sinto o travor da lágrima secreto.

Ouve-o, de novo, o meu amor inquieto,
como o verso de um canto inesquecido.
Sinto o travor da lágrima secreto.
Volto, sofrendo, ao meu jardim perdido.

Como o verso de um canto inesquecido,
por que tornaste a minha boca ansiosa?
Volto, sofrendo, ao meu jardim perdido.
Oh, sensitiva angústia dolorosa!

Por que tornaste a minha boca ansiosa,
sombra de outrora que o passado acorda?
Oh, sensitiva angústia dolorosa
por todo o mal que esta paixão recorda!

Sombra de outrora que o passado acorda
e ao coração da noite se entrelaça,
por todo o mal que esta paixão recorda,
que estranha voz pelos jardins perpassa

e ao coração da noite se entrelaça?
Como um murmúrio, um segredar dolente,
que estranha voz pelos jardins perpassa,
dentro da noite, misteriosamente?

II

Um piano
faz sofrer a noite lenta.

Que estranha melodia,
de doloroso desengano,
vem pungir a minha alma sonolenta,
pelo doce amargor nostálgico desta hora?

Dorme ao fim de que rua a tua casa triste
onde a sombra que desce, agora, existe
como um olvido, sob o azul da noite fria?

– Será Chopin ou serás tu quem chora?

III

Hoje, noite de outubro, à hora em que a lua desce
para o lado de céu que, além, empalidece,
fala-me a evocação e sinto-me contigo.
Outubro, o mês de Poe, como um perfume antigo
faz voltar à memória a sombra do passado,
traz ao meu sonho insone, ao meu olhar cansado,
uma recordação secreta e pungitiva.

Inclina sobre um livro a fronte pensativa.
Quero esquecer contigo a noite e a solitude!
Vem tornar menos triste a mórbida inquietude
que o coração tortura e tudo, em torno, assombra!
Deixa que junto a mim repouse a tua sombra;
que a lâmpada esmaeça ao teu olhar silente
e febril, pelo ardor da sua luz dolente;
e que, sobre esta mesa, entre os meus versos, desça

todo o seu doce brilho: e fulja e resplandeça
como o lunar clarão que o azul da noite encanta!

Longe, uma voz dorida e solitária canta.

Que alma de abandonada o seu mortal delírio,
o seu grito de amor, em prece, como um lírio,
ergue à noite de outubro e à solidão do espaco?

Imagino que vens, serena, passo a passo,
alta e pálida, às mãos o sonho em flor suspenso,
como uma aparição de alegoria. Penso
que virás a surgir da madrugada, ao lento
morrer da noite, quando, inerte e sonolento,
sentir que sobre mim, como de uma ave obscura
que sobre a morte voa e as tenebras procura,
tombar, sombria e enorme, a asa espetral do sono.

Olho a noite. Parou todo rumor absono.
Silêncio. Longe, a voz, a doce voz chorando,
calou-se.
                    Por quem pede este cipreste, orando
ao fundo do jardim?
                                        Não tardarás. Sorrindo,
ouvirei o teu passo: e quando, a porta abrindo,
surgires, estarei tranquilo e taciturno.

Lerás então, sobre o meu ombro, este Noturno.

IV

Doce, a agonia noturnal velando,
sob o fulgor do teu olhar divino,
ouço, longínquo, um trêmulo violino
uma antiga saudade soluçando.

– Sob o fulgor do teu olhar –, em sonho,
que tu distante estás... Sempre distante,
longe do meu desejo alucinante,
do extremo ardor do meu olhar tristonho!

E penso em ti que vejo dolorida,
que, vaga imagem, sombra vaga, abraço!
Sonho... E, contigo, solitário, passo
mais uma noite inútil para a vida.

V

Solitude, abandono.

Dir-se-ia a terra um claustro misterioso.
Há uma névoa lilás que torna estranho o encanto
dos vagos longes ermos.

Leopardi e o seu desejo doloroso
incitam ao sortílego quebranto
do grande sono...

Melancolia.
Surdos sussurros de agonia.
Outono!

Por trás das grades os jardins, sonhando,
são como enfermos
que olham a tarde fugidia.
Queimando
incensos de ouro, o ocaso em chamas arde.

Mas, grave e calma,
severa e triste,
toda estrelada, a noite desce
sobre o silêncio do que existe,
sobre a saudade da tua alma,
sobre o segredo do Destino.

Dentro da bruma fria,
lento, longínquo, angelusando, um sino
move o lenço de sons do último adeus à tarde.

– Sentes? É quando
fulgura a luz sem febre, empalidece
como uma chama
e se consome;
quando
frases de Schumann correm
pela sombra sonora
e tudo que ama, que recorda e chora
sobe, na asa das lágrimas, cantando,
para o silêncio azul do azul divino;
quando
vem fechar o meu lábio o beijo do teu nome
e os jardins morrem
delirando!

VI

Na solidão do parque abandonado,
chora, abraçado às árvores, o vento.
Ouve-se da água o trêmulo lamento
sobre as conchas de mármore gelado.

Sobe, lúcida, a lua. Solitário,
foge smorzando, sob o azul sereno,
como um grito de amor, o último treno
do último e doloroso stradivário.

– "Oh, dá-me o teu desejo! Sob o vasto,
noturno encanto, dá-me o teu desejo!
Quero a tua alma que, entre os lírios, vejo
como outro lírio, luminoso e casto!

Por que te afastas sempre do meu passo?
Sou o mudo exilado do teu seio...
Não sentirás jamais o meu anseio?
Levam-me o Amor e a Morte, pelo braço."

Que estranha insônia acorda o mal pressago,
vem despertar o antigo pesadelo?
Pudesse a lua, ao menos, compreendê-lo!
Perde-se, ao longe, o último acorde vago.

Sobre as conchas de mármore, gelado,
não se ouve mais o trêmulo lamento.
Queda-se a lua. Silencia o vento.
Dorme, sombrio, o parque do Passado.

VII

Quando os espelhos ficam sós,
pelos salões que resplandecem,
à hora em que os pianos adormecem,
tontos de sons, que estranha voz,

que estranha voz maravilhosa
vem acordar, findo o festim,
das velhas teclas de marfim
sobre a brancura dolorosa,

uma romanza imemorial
que outros amantes já disseram,
pelos beijos que se não deram,
murchos talvez? Que voz mortal,

como um silêncio, docemente
interroga, sobre as psiquês,
todas as rosas dos bouquets
feitos em vão? Que voz ardente

rediz o amor perdido, o amor
que ama o esplendor das coisas mortas,
quando andam sombras pelas portas,
mudas, a olhar? Sob o fulgor

que tudo, em torno, transfigura,
ouço de súbito, febril,
um passo trêmulo e sutil
que não caminha, antes murmura.

Ouço o teu passo, Aparição
que, a um gesto vão do meu delírio,
vens da ilusão e do martírio
e do meu próprio coração!

E da saudade e da quimera
e do amor que não olvidou,
porque sofreu, porque sonhou,
porque, ainda agora, sonha e espera;

e ouve, ainda agora, a tua voz,
pelos salões que resplandecem,
à hora em que os pianos adormecem,
quando os espelhos ficam sós!

Parte
IV
SONATA SENTIMENTAL

Deux spectres ont évoqué le passé

VERLAINE

I

Ora, pelos salões, calaram-se os violinos.
Sob a dolência em que se afastam os violinos,

fecham-se os lábios que se abriam para o sonho.
Vaga por tudo um fluido etéreo, um tom tristonho

da lua morta. Ei-los sem luzes, finalmente,
os grandes lustres de cristal resplandecente.

E sós, pelos salões onde os sons recordaram,
Schumann e o teu Silêncio, estáticos ficaram;

os espelhos, ladeando a sala escura e enorme,
refletem a tristeza esparsa que não dorme

e, ao fundo dos salões, a alma das coisas mortas,
insone e fantasmal, anda cerrando portas.

II

Como se fosse ainda viva em mim a melodia
do teu nome, deixei que a secreta agonia

de sombra amortalhasse o meu desejo mudo.
E abri certa cortina imensa de veludo

vermelho, que velava um salão olvidado,
onde dançavam ainda as sombras do passado,

cingidas de ouro, sob um halo que se fana,
ao ritmo langue de uma lânguida pavana.

III

Dentre os pares que então dançavam, lentamente
procurei (não em vão!) a tua sombra ardente,

de alvas mãos de rainha e olhos iluminados,
largos, profundos, infantis, martirizados

pelo lilás cilício estranho e doce e brando
das grandes, místicas olheiras, cintilando.

IV

Adágio apassionato

E quis falar-te. E do teu vulto, passo a passo,
como febril, aproximei-me, passo a passo

– Quero saber da tua boca, Peregrina,
se ainda o meu nome te perturba e te fascina.

Se ainda, através de todo o mal, de todo o encanto,
fui a saudade que consola e seca o pranto.

Se ainda, afinal, a vida (o horto fechado!), a vida
pode ser para nós como um jardim de Armida,

como um desejo de Belkis que o tédio invade
ou como o sonho de uma insone Scheerazade!

Fala: e o passado, grave e mudo, triste e lindo,
entrega as minhas mãos às tuas mãos, sorrindo.

Porque ainda te amo agora e, ao fim de tudo, embora! –
quero-te mais, talvez, do que te quis outrora!

Quero-te, pelo mal do teu fugaz delírio,
pela tua amargura e pelo meu martírio!

Pelo primeiro engano em que a ilusão perdeste,
por tudo que sofri, por tudo que sofreste!

Pela esperança de uma inútil elegia,
de uma recordação dolente e fugidia!

E foi o meu amor o grande lírio triste
que embalsamou, da sombra, a mão com que o feriste!

E amo-te ainda! E, ao fervor que a ambos nos prostra agora,
quero-te mais, talvez, do que te quis outrora!

V

E, calado, esperei. Olhei-te. Um gesto lento
moveu as tuas mãos: mas, como um pensamento

recíproco, inclinei a fronte. Humildemente,
sorri. Beijei-as longamente, docemente...

(E esquecemos, sem nada ver, os outros pares
que nos olhavam, mas com olhos singulares

que são os olhos dos espectros do passado,
das sombras pálidas que voltam do passado

e erram, sob o fulgor do meu olhar tristonho,
pelos grandes salões fantásticos do sonho).

Parte

V

I

Vaga, do fundo de ouro e cinza de uma vaga
paisagem onde a sombra azul da tarde vaga,
onde ajoelha o silêncio e ora a melancolia,
tendo às mãos de madona um lírio de agonia,
por que me apareceste, entre os ciprestes? Grave
e doce, a tarde, além, morria como uma ave,
como um verso de amor que apenas se murmura;
um desejo de morte, uma dolência obscura,
um tremor de paixão palpitava por tudo:
dir-se-ia que a tristeza, em torno, era um veludo
feito para vestir de sombra a alma sofrente.

Vinhas, como a Beatriz do grande Poema ardente,
dos tercetos de bronze e das rimas de sangue;
mas era ainda mais branca a tua forma exangue,
mais celestial a fronte e o olhar mais pensativo...

Uma harmonia de harpa, um hino fugitivo
parecia ritmar-te a música do passo
severo, vagaroso e brando, quase lasso.
Verdes eternamente, as folhas de loureiro
falavam sobre a glória eterna; e um derradeiro
raio de sol fazia outonal o caminho
onde arrastavas a dalmática de linho,
lentamente, como uma enorme folha morta...

Por que tardou a noite, a grande noite absorta,
a unir-se ao pálido esplendor da tua imagem
maravilhosa? Por que a dor dessa paisagem
melancólica e linda, ao fundo do passado,
não fulgiu, sob a paz de um céu todo estrelado?

E tu – dize! – por que, pelo amor olvidado,
pela recordação entre todas suprema,
não lançaste à água azul da noite o teu diadema,
que teceram as mãos do meu mais belo Poema
com as rosas de sombra e sonho do Passado?

II

Quando, ao primeiro engano do passado,
calei, sorrindo, o último adeus cruel,
mal refleti que o teu perfil amado,
como sonhara Dante-Gabriel
Rosseti, sob o encanto de um vergel
divino, ao meu olhar retornaria!
Ora, ao jardim desta melancolia,
vens, de novo, colher a eterna flor.
Nada me dás, porém, de igual valia:
e do que é teu só tenho o meu amor.

Guardei, sereno, o coração armado,
contra a tua lembrança, de um laudel.
Vaidade! Vi-o, em breve, ensanguentado
como o daquele antigo menestrel
que uma rainha (a quem, por um rondel,
falara em vão do doce mal) feria...

Velas, agora, a lânguida agonia
dessa olvidada e solitária dor.
Dei-te o meu sangue que por ti fulgia.
E do que é teu só tenho o meu amor!

Ouviste, assim, o canto apaixonado,
sobre o alaúde místico e fiel
que emudecera, um dia, abandonado
das tuas mãos de que se exila o anel,
mas que voltou, sob o estelar dossel
da merencória noite fugidia,
que voltou a cantar, como devia,
sem lágrimas, sem queixa e sem rancor.
Dei-te a minha alma que por ti sofria.
E do que é teu só tenho o meu amor!

Envoi

Dona do meu Desejo, estranha e fria,
não é minha, talvez, essa alegria
que te veste de um mágico esplendor?
Nimba-te a minha auréola que irradia.
E do que é teu só tenho o meu amor!

III

Por que, depois de tanto ardor, de tanto sonho,
depois de tanta solidão,
fazes com que se vele o meu olhar tristonho,
cheio de angústia e de paixão?

Por que buscas, de novo, entristecer-me a face,
como se nada houvesse em mim
que esperasse por ti, que só por ti sonhasse
e que por ti sofresse, enfim?

Sou, por acaso, o insone exilado da sorte,
o doloroso desertor
da alegria, o valete amoroso da morte,
o enfermo exânime do amor?

Ou és tu por acaso, a insensível Sibila
que, em vão, o peregrino êxul
interrogou, à sombra esplêndida, que oscila,
de um mistério feito de azul?

Seremos sempre assim? Que sombrio ditame,
sobre a minha alma ainda fiel,
ordena que eu te queira e te procure e te ame,
a ti que és pálida e cruel?

Obriga-me a sorrir quando o teu gesto frio,
súbito, gela a minha voz?
Dá-me o desejo de morrer quando sorrio
e a noite desce sobre nós?

Quero-te assim, porém! É justo o meu tormento.
Faze-me sempre, assim, sofrer!
E eu morrerei por ti, sorrindo ao sofrimento,
se um dia, enfim, o amor morrer!

IV

Uma carta de amor fala melhor que um lábio.
Depois, não pode ter a sombra de um ressábio...
Foge o ressentimento e cada frase é lenta
como um gesto que, mal pousando, as asas tenta,
como um gesto à distância, adeus sem lenços, feito.

Uma carta, afinal, pode apertar-se ao peito!

Põe esta, que te escrevo, à tua cabeceira.
Desde que te amo, que te quero, se a primeira
não é, não por certo a última que te envio.
Beija-a, aquece-a, que o inverno anda lá fora e o frio
gela! Cada palavra é como um beijo e treme.
Sonambulando, o vento assusta as rosas. Geme,
lá fora, a alma dos velhos parques, soluçando.
Penso que, a esta hora, estás sorrindo e estás sonhando.
Sonha também, a um canto, o piano abandonado.

Vaga sobre o marfim dolente do teclado
onde um murmúrio de saudade se quebranta,
como a recordação das tuas mãos de Santa,
das tuas doces mãos que de um adeus divino
lembram ainda o longínquo aceno peregrino,
conservam ainda o encanto adolorado e doce!
Lê, sem vaidade o que aqui lês como se fosse
outra criatura a quem, distante e triste, escrevo.
Guarda esta carta, após, como se guarda um trevo
dentro de um livro, mas de um livro doce e triste
como o meu coração, como ainda não existe,
como um dia o farei, enfermo de alma e de arte,
um livro trêmulo e lilás, só por louvar-te,
sem outra ideia de beleza além da tua.
Guarda-o contigo! Névoa trêmula de lua,
enquanto escrevo, uma secreta claridade
invade a minha alcova. Oh! lúcida saudade!
Sobre o meu coração ao seu mortal reclamo!
Desejos de falar-te e de dizer que te amo!
Que te quero! Desmaia a noite erma e dolente.
Que te quero, mas loucamente, loucamente!
Não tarda a alva a nascer. Da minha dor obscura
tu nada sabes! Sabe-o, apenas, a tortura
do meu calado coração que ria outrora.
Falo-te agora, enfim, deste tormento antigo.
Que frio! Vais sabê-lo...
(ou talvez não! Se, agora
como sempre e apesar do que imagino e digo,
inútil, esta carta há de ficar comigo!)

V

Interiores à luz das lâmpadas! De quando
em quando, apraz-me contemplar-vos, caminhando.
Janelas, ao anoitecer, iluminadas!
Olho-vos com inveja, ao longo das calçadas,
quando agoniza o outono e quando, lento, o frio
faz do desejo um doce e mórbido arrepio!

Olho-vos longamente e, às vezes, paro e sonho.

Por trás daquele store anda um perfil risonho,
noiva alegre que espera o alegre enamorado.
Paixões que vão gemer, morrer sobre um teclado!
Início de serões! Insônias vãs de estudo!
Olhares espectrais, de um sofrimento mudo,
por trás dos vidros, melancólicos, sorrindo!

Crianças ao seio aconchegadas e dormindo!
Gestos de mãos! Fundos de espelhos! Doce e ardente,
uma voz de mulher que expira, lentamente,
sobre uma lânguida romanza soluçante!
Flores que abandonou o último adeus da amante!
Versos ditos com a emoção que o amor exala,
versos de amor, a um canto esquecido da sala!
Oh, confissões que se adivinham pelo enleio!
Diálogos rápidos, com ânsia e com receio!
Vão-se as palavras sem sentido, mas com alma!
Brilham os astros, sob o céu da noite calma.
E as mãos que esperam o mistério da carícia!
E os olhos fixos com saudade e com delícia!
E as expressões que um doce frêmito entrecorta!
Brilha, lá fora, a noite gélida. Que importa!
Sonho contigo.
Um dia, enfim, à hora da prece
que a tarde reza, à hora em que, azul, a noite desce,
há de sonhar com alguém, como eu, sob a neblina,
ante o segredo de um vitral que se ilumina,
de uma janela, igual às outras, mas velando,
mas enublando de silêncio, encarcerando
uma felicidade: a do meu sonho! Obscura,
lá dentro, a sala. Eu que te falo, com doçura.
Tu que me ouves, sorrindo. E o rosto alegre e brando,
sobre o meu ombro, muda e pálida, inclinando...
Doçura de sentir-te a doce voz amada!

Que dizes tu dessa janela iluminada?

VI

Sinto-me ao pé de ti como se, acaso, fosse
um esquecido irmão que o gesto alegre e doce
das tuas mãos arranca ao seu longínquo exílio.

Quebra, de quando em quando, o sensitivo idílio
uma frase que a voz começa e logo cala.
Que silêncio, com todo este rumor da sala!
Sinto o teu grande olhar que, sobre mim pousado,
narra o que me não diz o teu lábio calado,
o que o teu doce coração guarda consigo,
o silêncio que foi o meu amor antigo,
a minha angústia, o meu passado, o meu delírio!

Fiquem as tuas mãos à flor do meu martírio,
como dois votos de doçura e de brancura,
sobre a minha ilusão, sobre a minha loucura!

(Oh, o gesto que fez sofrer o meu desejo,
o doce adeus das tuas mãos, como um harpejo
solto, como um acorde interrompido e vago!
Ou como, sobre a turva inquietação de um lago,
um silêncio de lua! Inútil nostalgia!
Se eu pudesse beijar as tuas mãos!)

                                                            Sombria,
lá fora, a noite punge os desgraçados. Quanto
desespero! Há, por tudo, um concerto de pranto!
Noites de inverno!

                                        Vou dizer-te o meu segredo...

(Por que enluvaste as tuas mãos?)
                                                            Falo-te a medo.
Baixo, ante o teu olhar, o meu olhar absorto.

Sou como um doce irmão que tu julgaste morto.

VII

Sobre ti que sorris, a sombra, às vezes, desce
um melancólico disfarce:
quando te sinto assim, perdido o olhar, parece
que as tuas mãos vão desfolhar-se!

Desfolhar-se, ao abrir o livro ainda fechado
que há de contar a hora nupcial
do teu beijo supremo e, a um gesto do Passado,
todo o meu sonho passional.

Vão desfolhar-se como essas rosas de outono,
de alva, esquisita morbideza,
pelo ângelus que haloa a tarde do abandono
de uma agonia de beleza;

como essas rosas, de um indizível encanto,
de um doloroso, humano ardor,
trêmulas de desejo e a desmaiar de pranto,
que a noite faz morrer de amor!

VIII

Pelo azul matinal, com rosas de ouro, suave,
fúlgida abside azul, domo que um hino leve
faz palpitar de sons indizíveis e calmos;
pelo azul da manhã, claro, vernal, festivo,
ouve os sinos da Páscoa: há ritmos de asas de ave,
frágeis voos de luz, telas de estolas, neve
de véus, ondulações de palmas e de salmos,
brilhos alvos do olhar de um anjo pensativo,
pelo azul matinal, com rosas de ouro, suave.

Da terra abrindo em flor, maravilhosa e calma,
sobem mãos a rezar pelas almas sem nome,
pelas almas sem sol que um sonho vão tortura.
Oh tu que engrinaldaste a fronte ao meu martírio,
quando a palma futura à insônia da minha alma,
da minha alma que a noite implacável consome,

trarás, colhida à paz de sombra e de brancura
da terra onde delira a exaltação de um lírio,
da terra abrindo em flor, maravilhosa e calma?

Pelo azul matinal da páscoa do Passado,
tornam ainda a cantar da infância os sinos de ouro:
– Glória in excelsis! Glória a todo o poeta obscuro!
Glória a toda a tristeza e a toda dor sonora!
Glória ao desejo morto e ao sonho mal sonhado!
Glória! – Fuja a tua alma à flor de um sonho louro
para, através de um céu divinalmente puro,
ouvir a ingênua voz dos meus sinos de outrora,
pelo azul matinal da páscoa do Passado!

IX

Primeiros frios! Doce, indizível encanto!
Crepúsculos de outono! Um mórbido quebranto
magnetiza, adormece a alma que se intimida.

Dir-se-ia que, hoje, a morte andou beijando a vida!
Dir-se-ia que, através das árvores, soluçam
órgãos. Ou que, sobre roseiras, se debruçam
monjas, de um verde olhar nostálgico. Dir-se-ia
que o amor é sonho, febre, ardor, melancolia,
silêncio, desespero! E a tarde é como um sono
divino que, a um torpor de mágico abandono,
sobre os jardins estende o seu delírio vago.
Sente-se como um voo à flor de um grande lago.
E a serena amargura é maior e mais doce
quando a noite, sombria e azul como se fosse
acaso inverno, gela o seu fulgor sereno.

Penso que há pelo espaço um longo adeus, o aceno
de um lenço, o último abraço, o olhar ainda sorrindo
de alguém que parte, um choro imenso: e tudo é findo!

Oh, a tristeza inexprimível e secreta
e solitária, mas que eu amo e que me inquieta,
desta agonia esparsa! E os bruscos arrepios!
– *Les sanglots longs...* – E o teu olhar! Primeiros frios!
E as folhas mortas do Passado! E alguém que chora,
como perdido! E a alma que em vão te quer, agora!
E o teu amor que lembra um pouco o desconforto
deste outonal langor! Sigo, enervado e absorto,
sem rumo, sob a noite. E penso em ti, sofrendo!

De rua em rua, vão-se as luzes acendendo.
Fulvo esplendor! Sorrindo o luxo, que desperta,
voa para o prazer. Busco a mudez deserta
de um passeio.

E o teu nome aos lábios, passo a passo,
imagino que vais comigo, pelo braço.

X

Do meu leito de enfermo, às vezes, imagino
que ouves, a te chamar, enfim, o meu destino
solitário. Tu vens, como sorrindo a um sonho.
Inclinas sobre mim o teu perfil risonho;
falas e a tua voz, como um sussurro, a medo,
feito para a carícia ardente do segredo,
enlaça o meu tormento. Ouço-te, palpitante.
Dizes coisas de irmã que fosse, a um tempo, amante.
Falas e já não sofro. E, pela alcova triste,
somente a tua voz, como um silêncio, existe.
Vai-se o ocaso. Não tarda a noite escura e enorme.
Que sono, meu amor!
E ouço-te: – "Dorme! Dorme!"

XI

Se a noite de Natal, serena e pura,
tem o esplendor sagrado de um altar,
por que, hoje, o céu, de uma tristeza obscura,
quase estrelas não tem e a luz do luar
vela através da névoa? Que tortura
fere, hoje, a vida de uma antiga dor?
Que mal fez, hoje, o amor ao meu destino,
que apenas sofro ao recordar o amor?
Qualquer coisa de vago e de divino,
de amargo e triste, sobre mim desceu.
Ouço, como ao rumor de um desatino,
falar-me a voz que sonha ao lábio teu,
falar-me a doce voz de estranho encanto
que mais ninguém possui: a doce voz
que tem, agora, uma expressão de canto,
uma expressão quase infantil após
e tem, por vezes, a expressão do pranto.

Ouço-te a voz, busco-te em vão. Sorri,
folga a meu lado a multidão passando,
mas eu, que sofro, lembro-me de ti
e pela turba sigo, delirando.
– Tu, que farás a esta hora? – Longe assim,
dói-me a tua lembrança como quando,
frio, se afasta o teu olhar de mim!

Negra, a sombra amortalha a tua casa.
Ninguém. Lá dentro, apenas a ilusão
de que o teu leito, que a vigília abrasa,
não te sente bater o coração.
Vaga, entretanto, como voa uma asa,
pela noite que finda, erma e sutil,
uma saudade, uma saudade triste
que se parece com o teu perfil.
Vou pela noite; e lembro-me. Sorriste
acaso ou não? Ou, deste mesmo mal
sofrendo, a mesma solidão sentiste?

Foi, com certeza, alegre o teu natal.
E o meu natal foi, afinal, bem triste!

XII

Queres saber do martírio
que o coração me atormenta?
– Um vago, um doce delírio,
uma febre estranha e lenta,

como um rainúnculo, abrindo.
E a sede é tanta! Que pena!
Sofre: mais eis que, sorrindo,
falas... E a febre serena.

Aquece-se a alcova fria.
E, ouvindo-te, o abandonado
sente voltar-lhe a alegria
que encheu de sol o passado.

E assim, de lágrimas ermo,
sorrindo e calmo, parece
um pobre pequeno enfermo
que a tua voz adormece!

XIII

Vem a noite. E, com ela, o silêncio e a saudade
que veste o coração de cinza e de lilás,
sobre a minha alma abrindo a ardente claridade
do sonho que ilumina a ampla e sidérea paz!

Sonho do que sofri, pela felicidade,
pela vida e, talvez, pelo esplendor fugaz
da beleza que aureola a tua mocidade
e hoje é, supremo, o dom que o teu amor me faz!

Que insônia de paixões vai pela noite afora!
Saudade! – Foi, contudo, o encanto amargurado:
e nem sempre sorriu alguém ao pé de mim!

Nem sempre! Mas que importa o sofrimento, agora?
Que importa a mágoa toda? E o engano do passado?
Ser feliz, afinal, é ter sofrido assim.

FINAL

Final

Como alguém que colhesse um doloroso lírio
florido à sombra azul de algum jardim claustral,
do meu sonho de amor, a um súbito delírio,
deite-te a aspirar, oh Noite, a grande flor nupcial!

Mal magnífico, insônia estática, martírio,
tudo que a alma sofreu de sobrenatural,
tu, só tu, Noite insone, à luz de um velho círio,
hás de entender, talvez por um mistério ideal!

Noite, que és a Beatriz que inspira e que conduz,
a ti suba o perfume, alucinante e forte,
da flor que, às minhas mãos, esplêndida, reluz!

É tua a febre ardente em que me torturei!
Tu me cinges de sombra e a sombra é quase a morte!
Noite divina e triste, a ti tudo que amei!

POSFÁCIO

O canto nostálgico de Eduardo Guimaraens

Ligia Morrone Averbuck*

Quando Eduardo Guimaraens publicou seu primeiro livro (*Caminho da vida*, 1908), já o movimento simbolista entrava em declínio, reduzindo-se, no Brasil, a algumas manifestações esparsas, como as obras de Alphonsus de Guimaraens (em Minas) ou de Mário Pederneiras (no Rio de Janeiro). Na verdade, para a maioria dos críticos, o ano de 1902 (data da publicação de *Os sertões*, de Euclides da Cunha, e de *Canaã*, de Graça Aranha) parece assinalar o "crepúsculo simbolista".

No entanto, é inegável que, sobretudo no que diz respeito ao Rio Grande do Sul, o Simbolismo persistiu como expressão poética, alcançando o início da década de vinte, comunicando suas vibrações até mesmo aos textos de nossos primeiros modernistas. Terão ainda toques simbolistas muitos dos primeiros poemas de Raul Bopp, de Augusto Meyer, de Theodomiro Tostes e outros poetas da primeira geração modernista sul-rio-grandense.

No final do século XIX, o Simbolismo, movimento nitidamente internacional, encontraria no Sul do Brasil o ambiente

* N.E. Professora, foi diretora do IEL de 1972 a 1980. Em suas gestões, publicou novos autores, apoiou bibliotecas, organizou concursos, concebeu o programa Autor Presente.

propício para criar raízes, e isso não ocorreria por mero acaso, nem apenas por razões de "ordem climatérica", como escreveram alguns críticos. Se é verdade que a região Sul, como lembrou Andrade Muricy, sendo "temperada e de altitude, com algumas nevadas e geadas frequentes, nevoeiro denso, ventos rápidos, predispõe a uma fácil assimilação do fenômeno que tanto se afirmou ser incompatível com o habitat natural brasileiro, 'terra de sol', mas também terra de minuano e da garoa, que não precisamos importar Bruges"[1], isso por si só não bastaria para explicar a receptividade do movimento. Essencialmente europeu no sentir e nas questões que trouxe para o domínio da arte, o Simbolismo encontrou aqui as condições favoráveis para fazer florescer uma rica produção poética, onde obras como a do catarinense Cruz e Sousa, do mineiro Alphonsus de Guimaraens, ou do gaúcho Eduardo Guimaraens atingiriam elevados níveis de qualidade e teor poético.

Outras deverão ter sido as razões que contribuíram para o desenvolvimento do fenômeno simbolista: o Sul do Brasil, com sua burguesia em crescente afirmação, com suas pequenas cidades aspirando a "metrópoles", com suas elites culturais voltadas para os padrões culturais europeus, oferecia o ambiente ideal para a expansão dos sentimentos de inquietação e de difusa sensibilidade que marcaram a nova poesia, abrindo o caminho para a "modernidade".

Hugo Friedrich, para quem a lírica moderna começa com Baudelaire, registraria que, a partir de então, "o poeta escreve de si mesmo enquanto se sabe vítima da modernidade, que pesa sobre ele como uma excomunhão"[2], e Baudelaire, que declarava que seu sofrimento não era somente seu, percorreu em sua poesia todas as fases que nascem obrigatoriamente da "modernidade": o medo, a impossibilidade de evasão, a claudicação ante o ideal ardentemente desejado, porém constantemente distanciado no vazio.

Remontando ao sentimento de "desarraigamento romântico", o Simbolismo, manifestação de uma Europa prestes a sucumbir em uma de suas maiores crises, refletiria, na observação de Hauser, "uma nova forma de fuga romântica diante do mundo"[3]. Se a vida fictícia e artificial, a fantasia dos desejos irrealizados e o misticismo expressam a rejeição à existência ordenada, segura e insuportável da vida burguesa, o sentimento de destruição, de autodestruição e de embriaguez atrairiam os "decadentes", como um abismo para quem o medo da vida e a insegurança preenchem todo o espaço. É assim que "consciência do estranhamento e da solidão" viriam a se manifestar numa "visão egocêntrica do mundo", no repúdio ao mundo objetivo e real, que havia centralizado as atenções dos naturalistas e dos positivistas. Estas perspectivas de fim de século – visto por esses europeus como sinônimo de "fim do mundo"–, identificada com o chamado espírito da "decadência", seria apenas uma das faces do Simbolismo: do outro lado estaria toda a abertura para a percepção da ambiguidade e dos elementos misteriosos e desconhecidos do inconsciente, da parte da vida humana que Freud começava a desvendar, das analogias e "correspondências" de ilimitado poder de expressão que uma nova arte começava a traduzir. A "poesia pura" seria o caminho para uma arte voltada para realidades mal vislumbradas e até então marginalizadas. Se o anti-intelectualismo, a obscuridade do símbolo e as dissonâncias de uma arte afastada dos rigores do equilíbrio bem composto podiam representar uma fuga do mundo, elas não eram menos a aproximação do homem de sua própria realidade interna. A contradição do homem moderno, estranho a si mesmo e perdido de suas raízes, se afirmava neste momento em sua complexa verdade.

No Rio Grande do Sul, a geração simbolista, que de 1902 – ano da publicação do primeiro livro de Marcelo Gama – até as manifestações do grupo de Felipe D'Oliveira, manteve-se vinculada às matrizes europeias, infensa às aspirações da alma nacional, ao apelo do local e de suas raízes, caracterizou a cosmovisão da intelectualidade da época. No dizer de Guilhermino César, os simbolistas, ao desdenharem os aspectos de sua terra", "passaram por cima do local como gato sobre brasas"[4]: seu espelho era ainda a Europa, neste momento coberta pelas indecisas brumas de uma arte em busca de um novo sentido.

Da poesia do Rio Grande do Sul no início deste século, afirmaria ainda o crítico que a nova geração, em sua maior parte, fugia ao passado heroico do Rio Grande do Sul, interiorizando-se e ausentando-se, notando-se isso sobretudo na temática e na musicalidade predominantes, onde as noites de inverno, os poentes de outono, as linhas imprecisas da paisagem, as sugestões do vocabulário litúrgico – o frágil e o leve despertariam a sensibilidade dos autores de vanguarda...[5]

É sob esta luz crepuscular de meios-tons que é preciso ler a poesia de Eduardo Guimaraens, toda ela nostálgica e melancólica busca de um ideal inalcançável. O jovem autor de "Os lustres", que surpreenderia Alcides Maya e Marcelo Gama com o precoce brilho e a sensibilidade de seus versos, incansável devorador de livros, movido pela intuição sensível e pela profunda cultura, buscaria as fontes de seu lirismo nos mestres da poesia: Dante, D'Annunzio, Edgar Allan Poe, Baudelaire, Verlaine, Mallarmé, Eugênio de Castro. Na escolha dos modelos, o reflexo das aspirações: a obsessão pelos temas do amor, da dualidade e da incansável busca do ideal remoto seriam suas constantes e a formulação simbolista, seu caminho.

A *Divina quimera* (1916) revelará o poeta amoroso, inspirado antes no Dante de *Vita nuova* que no da *Divina comédia.* As cinco partes que compõem o volume são um canto de amor: delicado, sofrido, resignado, em busca de um estágio de perfeição inatingível.

O caráter musical de seu lirismo fá-lo compor "prelúdios", "adágios", "sonatas", a musicalidade servindo-lhe de instrumental expressivo. A altura de seu ideal, colocando no mais alto termo de perfeição o ser amado, condena-o ao sofrimento e à solidão. Não há nesta poesia amorosa o toque do erotismo, sublimado pela dor e pela idealização: *Dói-me a recordação de ti, como de um sonho*[6], escreveria ele em um de seus versos mais sensíveis.

A distância, o sentimento de perda e a morte, perda maior, são elementos que marcam o universo do poeta, que torturado na dualidade de matéria e espírito (a lembrar Baudelaire) só se permitirá as alegrias do sonho. Seu caminho, do "Prelúdio" de "musical tristeza", à solidão e à melancolia da noite, "quando os espelhos ficam sós", ao "adágio" de sonho e à sonata sentimental, quando o poeta se encontra por fim com a noite, símbolo do inconsciente e do desconhecido, refaz o caminho de um ser frágil em busca do amor e de si próprio.

Ao mesmo tempo, ao escrever um dos raros poemas longos de amor da literatura brasileira, no simbolismo da *Divina quimera,* Eduardo Guimaraens projetou uma busca de sentido não apenas sentimental e poética, como metafísico. A exemplo de Dante, que na *Vita nuova* "nos dá uma definição de seu credo estético", o que faz Guimaraens nesse livro é, sob a aparência do impulso amoroso, revelar sua concepção filosófica da existência e da arte. A "nostalgia" que "que se veste de música", a tristeza "que soluça uma saudade"– são expressões que refletem o vago sentir, em que o psiquismo busca definições para estados desconhecidos.

Seu segundo livro, *Poemas à bem-amada,* constitui-se, na verdade, num prolongamento do primeiro, podendo-se dizer que com ele forma um corpo único. O mesmo caráter musical que impregna o sentimento amoroso marca esses versos cheios de experiências sensíveis, desdobrando-se em canções, baladas e sonetos; a progressiva transformação do sentimento se amplia no sentido de uma maior realização do amor e de um quase imperceptível decréscimo do sentimento de desesperança: nos meios tons e na pernumbra das imagens, os momentos de amor refluem em recordações que são uma nova fuga do real. Ao traçar o "perfil da bem-amada" (como Dante nos dera o de Beatriz), o poeta compõe a imagem do ser perfeito, encarnação da suprema harmonia, transpondo para ela a visão do ser ideal, símbolo do amor maior, divino.

Em *La gerbe sans fleurs*, sua inspiração, que parte da musicalidade de Verlaine, atinge, sem fugir do tema amoroso, os mais altos requintes de sensibilidade e refinamento. Esses poemas, no tom quase intimista de quem sussurra a poesia, ainda que adquirindo uma tonalidade mais natural, conservarão uma expressão amorosa que, desta vez, estará mais próxima da sensualidade. No entanto, mais uma vez, como nas obras anteriores, é com a lembrança (o "souvenir") que, ao "clair de la lune", ele continuará, solitário, seu caminho.

Cantos da terra natal abre-se para o lirismo de nova conotação: o mundo sensível transfigurado pelo poeta fala mais do exterior e da natureza. A poetização da realidade, conduzida pela sensibilidade, gradativamente, alarga-se em direção do mundo exterior, em que a presença da natureza (retratada nos crepúsculos, no mar, nos jardins, nas manhãs frias de inverno, no minuano e no luar) se faz como busca da "alma dos seres", como se o poeta pudesse ouvir a voz do universo. Ao sair do recolhimento e de sua introspecção, volta-se ele para a abstração, visão universal da vida, expressão de tendência ao que Massaud Moisés denominou "panpsiquismo" ou "antropopatia"[7].

Já em *Estâncias de um peregrino*, seu quinto livro, reunirá poemas que não se esgotam mais na expressão amorosa. Aí, na instabilidade do exercício poético vário, Eduardo expande sua sensibilidade. As estâncias do peregrino refletem variáveis sentimentos, em que o nostálgico e o melancólico se fazem dominantes. Amargo (sofrido), o poeta concluiria em tom menor de tristeza: *Pouco vale saber se cantei ou chorei: se fiz mal, se fiz bem; se aceitei o destino, se amei ou odiei/Sou uma sombra a mais no caminho divino...*[8] Como para o autor da *Divina comédia*, a vida não seria senão réplica de outra existência, mais perfeita.

Assim é que, em *Rimas do reino dos céus*, que reúne seus poemas religiosos, o misticismo cristão será o apoio ao desalento. A poesia da religião, se não teria nele o ardor concedido ao ímpeto amoroso, nem atingiria a mesma altura de sua expressão poética anterior, completará o sentido de sua obra.

Perseguindo a Quimera, ser inatingível, o poeta dela faz seu ideal de vida e de poesia, cristalizando, no simbolismo de sua poética, seu espírito angustiado e frágil e sua refinada alma de artista. Sua poesia foi a expressão da mais acabada forma e de um talento que afinou com as ressonâncias de um momento de transição de nossa cultura. Incompreendida e tão frequentemente omitida, sua obra seria, no esquecimento da província, o indício do advento de um novo tempo, o da inquieta busca e da angústia em que se debateria, desalentado, o homem moderno.

Porto Alegre, 3 de novembro de 1978.

Notas

1. MURICY, Andrade. *Panorama do movimento simbolista brasileiro.* 3v. Rio de Janeiro: INL, 1956, v.l, p.142.

2. FRIEDRICH, Hugo. *Estructura de la lírica moderna.* Barcelona: Seix Barral, 1974, p.50.

3. HAUSER, Arnold. *História social de la literatura y el arte.* Madrid: Guadarrama, 1968, p.20.

4. CESAR, Guilhermino. A vida literária no Rio Grande do Sul. In: PRADO, Aurea *et al. Rio Grande do Sul* – terra e povo. Porto Alegre, Globo, 1964, p.212.

5. CESAR, Guilhermino. *História da literatura do Rio Grande do Sul.* Porto Alegre: Globo, 1956, p.392.

6. GUIMARAENS, Eduardo. *A divina quimera.* Porto Alegre: Globo, 1944, p.145.

7. MOISES, Massaud. *O Simbolismo.* São Paulo: Cultrix, 1965, p.127.

8. GUIMARAENS, Eduardo, op.cit., n.6, p.384.

(Com facsímiles da prova do autor, de 1916)

Fontes: Source Serif, Hobeaux
136 páginas
Miolo: Avena 80 gr.
Capa: Supremo 250 gr.

Impresso na Pallotti/RS

Junho de 2025